阿勃勒的夏天

余崇生 著

序

　　談到詩，不論是古典或現代，我平時都喜歡閱讀，也常興之所致塗寫了一些長短不一的詩作，隨之將它夾存在筆記手冊中，日子一久，約有一兩百首，往往也給忘了，之後偶爾翻查這些舊筆記本時，才發現這些詩歌，於是重新整理，修潤謄寫寄給了詩刊雜誌發表。

　　想起在師大讀書時，那是四十年前的事了。我參加了噴泉詩社，被推選當了社長，當時舉辦了詩歌朗誦、演講、詩畫展等等，邱燮友（童山）是我們的指導老師，除外還有學長李炳南（星崗）和李勇吉（旅人）等，課餘常在樂群堂相聚，談詩論辯，口沫橫飛，沒完沒了，現在想起來，真有意思！師大畢業後就各自到學校傳道授業去了，我和李炳南到了屏東女中，而李勇吉則留在臺北。

二十世紀的六〇、七〇年代，臺灣新詩壇非常熱鬧，詩社前後創設的不少，如葡萄園詩社、笠詩社、龍族詩社、大地詩社、草根詩社、詩潮詩社及陽光小集等，當時我被邀加入了大地詩社，常與詩友們互動談詩交換心得，常以「余中生」筆名發表一些小詩，詩心詩情就這樣綿延不斷。

一九七七年，我到日本大阪大學文學院攻讀哲學思想史，於是把心思轉到文化思想領域方面，新詩只好停了下來，回國後忙於學校教學，撰寫學術研究論文，過著繁忙的教研生活。

七年後再度赴日本久留米大學比較文化研究所繼續研究，最後僥倖通過博士學位考試，及到京都大學、大阪大學當客座研究員，返國後被聘到屏東師範學院中語系任教，這時才又漸漸回心到新詩探索的路上。大地詩刊停刊多時，某天師大古添洪教授來電建議將大地詩刊和海鷗詩刊結合，於是這樣又轉入了海鷗詩社，攜手合作，寫詩、輪流編輯方面的事務。

讀詩和詩思的尋索，其實需要長時間沉潛心境，方能體察出其美學上的藝術內涵及味覺，或所謂的凝鍊精緻的語言建構，所以詩人瘂弦曾經說過「是詩人完成了語言，而不是語言完成了詩，詩人是語言的主人，不是語言的奴隸」因此我們可以這樣來詮釋，詩人寫詩就是在意象的天空裡無時無刻地鑄造，或凝塑那種超越時間和空間的新向度，跨越束縛，捕捉靈動的審美魔力，詩人其實無時都將自己托寄在幻化的時空中描摹一切。

　　收集在這本集子中的詩作，分為「舊痕」、「遄飛」與「點滴」三輯，共五十五首詩作，寫作時間，各別不同，都在作品刊登年表中做了註明，簡要說明如上，敬請詩界的朋友不吝指教。最後，感謝碩士生林盈盈老師及小兒Jay的協助。

二〇二〇年端午節於臺北

目次

輯二 端飛

輯三　點滴

輯一

舊痕

北門

這樣站著
一座門在北
蒼蒼然赤濕的磚石
一則說不完的典故
從兩旁伸來

這樣望著
那紅色的雙十
如此雄偉地掛著

掛成自由的標的

這樣想著
北門
該是一張被時間洗過的臉
青蒼斑剝地穩著
感傷總是一雙軟軟的手
今年又過了一個秋天
怦然想起
西風或要在橫楣上
刻下一句心語

——一九七六年十一月。

北門／李明攝影

木窗

走廊的左邊
有一扇古舊的木窗
當一陣風吹過
總有幾許沙塵脫落
母親常為此勞神

小時候
常坐在這窗下看書寫字
有時也愛攀爬

或輕弄吊掛著的鐵馬
今年　我從外鄉歸來
這扇窗兒卻被釘死
走近它
心裡就有一種感觸
雙肩已高過了那根橫木

——一九七六年五月。

木窗／余崇生攝影

音樂會

像火焰熔巖，注入千年的冷寂
當眾弦由千指滑落於無形
音符立即被註定
　　於摧心的剎那

誰識，那腔蒼古的男聲
　　於脈脈的眼裡
燈光幻成串串花樹
　　於會場的中央

就孕一窩熱情吧
啊！蘇伯特的髭鬚觸醒了
逝去的早春

——一九七六年三月。

塔

每天都要打從這裡走過
一個小小的古塔
今晚月夜
我從那裡帶回了一些心外的肅穆
而千年以前
該不會那樣冷清
我再再的斷定
每天都要打從這裡走過

而木門總是掩著
斑駁的朱顏
破落的斷瓦
汲飲著季節留下的寥寂

每天都要打從這裡走過
想起梵唱何在？
想起引罄何在？
此刻——
有一種荒涼昇高
在這條已圮廢的石階上

——一九七六年四月。

乩童及劍

幾遍誦咒之後
他這樣地揮起了那把劍
或許是一種太極？
閃閃的光
接著
片片的影
圓圓的圈
真落向睽睽的眾眸

那是第幾次的鄉祭？
或許是神的顯靈？

啊　乩童
劍又開始揮起
仍是一陣閃閃的光圈
以及
一種聽不懂的語言
啊　乩童　何時？
接過父親的衣缽
以及
那把劍？

——一九七六年二月。

中秋節

——記一位單身老人

中秋的明月在山中
山中有間茅舍
茅舍的窗下
月光似霜
八千里路
雲早就在那裏分化
一個忘鄉的遊人
一個里程

孤獨的一站

甭說

那是豪俠之氣

從明月下殺出

回眸處

浮雲和明月

茅舍和孤獨

酒杯在手中

草鞋被踩成泥

酒酒酒

一種多麼江湖的個性

從杯口上吹出
三十年前的深夜
更夫躲在牆角懶睡
就靠那股衝勁
從北到南
走平了一段雪路
也曾背劍
也曾荷槍
年輕時就靠那準準的槍法
「你他媽的胡人
還敢再騎著馬兒穿過那道短牆
我就給你一個好看」
甭說

在異地裡
仍存有那種勇敢
三十年前的血

整個中秋
夜在屋外蹲成死寂
而想的是：
時間的兩面
每一分秒
都有一張枯瘦的臉從窗口被擠出

附記：在教中學時，學校宿舍住一年長的單身工友，身體健朗，平時常會和大家聊起年輕時在大陸家鄉的一些回憶，故事感人至深，聽完後也引起大家的共鳴，於是將其肺腑的心語，用短詩記錄了下來。

一九七六年八月十五日

門神

尤其是在快過年的時候
門上總會出現這麼一張臉
一對過分寬大的眼睛　及
滿腮怒氣的鬍子
而那把劍就伏在背後
好神氣啊　這樣地站著
什麼鬼？什麼邪？早就被嚇跑了
尤其是在快過年的時候
整個村子

都在趕貼這麼一張臉
聽說在古早古早的時候
年　那隻怪獸
在閃閃的刀影下
縮成一堆灰
望向那掩著的門
好驚人啊　一幅黝黑的臉
當元宵過後
身裁短短的鍾馗
仍要苦命地被推進推出

——一九七六年一月。

門神／余崇生攝影

早報

在巷子的左邊
一位青年正讀著早報
忘了早餐
忘了要到3路車站
忘了趕去上班打卡
一
則
新
聞

被鉛印成黑
染過雙眼
攝住心房

（想那個相命老人的話
一幢黑影伸過
攫住腦門）

新聞是那樣的透明
貼在行人的口上
預言裡，有一堵牆橫著
歷史寫在海棠葉
然後留存給子孫們。

一整個上午
心總是酸酸的
攤開那張地圖
城堡在那裡。
動脈在那裡。
血管在那裡。
報上的新聞也在那裡。

——一九七三年三月。

這天

一把靠椅
架著兩隻悠閒的手
大概他已經忘了
當呱呱墜地那天
掌上就有一張時間的臉

這天
黃花崗送來一座石像
他就讓它栽在脈搏裡

去聽風
去聽雨
去聽粵江的水
　　緩緩地
流成一種自傷

那面碑是這樣斑駁下去的
（無聲無形無跡……）
直到把耳朵貼近她的乳房
有一支雄壯的歌
頻頻地撲打著他的鬍子

——一九七六年五月。

戲致蘇東坡

今年春天
聽說這股大寒流是從你家鄉移來的
而叫我每晚都要煮一壺酒
在那裡讀你的山水
濤濤然瀉成千堆萬堆雪

中國眉州的眉山
就長出了你那隻多妻的手
寫寫詠物也寫寫感懷
或把幾卷詩文一壓
鏗鏗鏘鏘的聲音

從北宋就開始聽起
還有字和畫呢？
一直橫放到現在

整個晚上
在剛下過雨的青田街
等看。

東坡你也真是的
靜靜地將赤壁賦一放
就走了
害得我要再從文集中去翻看你的
臉

——一九七五年二月。

童年

下午腦後有一條潛伏的河
默默地川流
每年的清明抑或端午
媽祖廟前的石獅
照樣在那裡張眼裂嘴
或者是藝術
或者是無奈
早已在印象中蹲成了神話

童年藏在巷子的兩旁
不像情話那般柔美
走過這條巷時
就懷著一袋子冷寂的符號

或該從幼稚園就想起
不曾逃過學
老師媽媽父親的臉
從學校的迴廊到家裡的門旁
都是一些嚴肅的話
配貼成圖案
此時，果然想起了
赤裸的童年

在下午的街上
自眼睛的左右浮來

——一九七六年二月。

雲林

走過那塊土地時
心已在想著一個名詞
是用詩的意象繪成的
索輿地等
雲和林仍然離得那麼遠！
綠野之後是稻田
稻田之後是菓樹

走過那塊土地時
眼睛早已被溺成青翠
一簇接著一簇

不停地排列下去
直碰到那隻太陽的手為止

黃昏　剎那間就被人喚住
這塊有著雲樣名詞的沃土
如果在雲上
總是覓不見什麼是林？
又什麼是樹？

而車急急地駛過
泥土應該算是最親切的。

——一九七六年三月。

清明

天空被燒成
灰灰梟梟的哀禱
走過
高低的碑石
斑駁中矗立著記憶的蒼涼

祭祀的中午
陣陣涼涼的風
刻成臉上追念的溝

潺潺流過
一道痛楚的河

輕輕抬望
一根根變白的蘆葦
驀然，搖成孝子的跪姿
在清明的中午

——一九七六年四月。

短箋

輕輕撕開
一箋親切的語言
眼睛認真地將它讀成
一股清流
這樣
或者就瀰漫無極
串昇為心中的淋漓
寒冬

鐘正二敲　燈下
檢翻這一葉小小的短箋
溫軟在心中開放
如說想起昨天
也真叫人望瘦了雙眸
而今就一握
竟成了春日的解凍

——一九七七年一月。

秋詞

坐下
微醺的涼意綻放在臉上
成曲成韻一串淙淙的流水

古井渴嘴祈求

零碎滴落的快感
如此匆忙
炒成秋日的謠言

自階下堆疊而起
流過無掩的雙耳
涼涼的語調
淹滿了一湖新秋

輕輕推開
窗
熱鬧擁懷而入
寬長的衣袖曳為淺淺的想思
只好緩緩傳送
回首時
階前又是風掌高舉
濕濕黏黏的靈思

渲染成一闋短短的秋詞

——一九八二年二月。

禪坐

空空空的木魚
儘管再響
真也無法敲醒
似我非我的
真我
沉寂地坐斷
四季的輪迴
如此凌然而去
身在塵外

無語
盤坐
靜若一尊千年的
古佛

——一九八四年五月。

驚喜

一則秘密
來自南方
像一塊磁石
強烈地吸住
始終搖擺著的
思念
牽牽連連
終年

望不斷
什麼時候
月從雲裡走出來
對我透了些消息
在山海的地帶
曾經
讓歲月漂洗過的臉
頓時　綻開
第一次讀到家書的
喜悅

——一九八四年五月。

輯二

遄飛

池塘

古老的傳說
堆疊成神秘的滄桑
野草纏身
群鳥棲息

水鴨撲通下水
方圓的臉依樣微笑
像鏡子，照澈藍天
風吹過，雨落過，時間流過……

它是稻米的守護者
潺潺涓涓
大地的源泉

——二〇一七年三月。

桂花

密密的樹叢
葉與葉綴結成網
小白花撒落成雪
清香淡淡
季秋過後依然

隨手拈住，花香
留在眉睫，停在鼻尖
疊存成物語短箋

小白花的邂逅
心情像春天
來自桂花的喜悅

附記：在離住家不遠的地方，就是瓦磘溝蜿蜒而流，溝岸種有一長排的桂花叢，相當茂盛，每到四、五月，便雪白雪白地盛開，清淡的花香，盈滿整個人行步道，在那裡散走，給人一種花季的喜悅。

二〇一七年三月十日

風鈴

一只小小的風鈴
隨風擊響
熟悉的音聲
敲醒昔日的回想

清水寺的石階
赤紅迴廊，枯石庭院
青瓦層層
風在那裡流蕩

纖細的清音
牽引著拾級而上的遊人

附記：在日本京都清水寺附近，有一狹窄的石階，可直達坂頂，兩旁是小商店，高掛著各式各樣的風鈴，多采多姿，山風吹來，聽那叮叮噹噹的風鈴聲，既清朗又熱鬧，我選購了一只銅製的小風鈴，十分精美，掛在書房的窗櫺上，細聽被風吹擊的聲音，也教人回想起一些過往的記憶。

二〇一七年九月

拍照

春雨初歇
被季節禁鎖的憂悶
在花枝間燃燒
撥弄著起伏的舒暢
對準山櫻
按下，瞬間的快感
成了撕不開的完美

——二〇一七年三月。

觀音山意象

到了淡水
就看到了妳的臥姿
朝向藍天
正在訴說
千年萬年的往事
傳奇物語

大家都說
平躺最莊嚴了
風來過，雨也來過

沒有一點感到焦急

大家都說
不變的執著
山臥水抱
慈悲伸向村莊、田野、海洋……

在淡水這邊
對著前方淨心頂禮
把心想傳給妳
記得喔
從遠道來的過客

——二〇一七年六月。

夏天奇想

行走在紅泥磚道
群樹緊緊縛著日頭躍動
飄盪的意象
不停在前方碰撞

迢遙的天空
明亮得像一面鏡子
八月的熱浪
四處奔竄

叫人感到莫測無奈
祈想來一陣細雪霏霏吧？
精靈般的神奇
降臨
多麼的奇幻和渴望

——二〇一七年七月。

簡訊

一則簡訊
簡單的數語
說出了你的想法

一則簡訊
跨過時空，越過界域
傳到小小的手機裡
是感動，是喜悅，是憂思……

一則簡訊
輕輕一按，拉近了多日的距離
赤裸無掩飾地
讀透了你的心語

——二〇一七年七月。

阿勃勒的夏天

來自南亞的故鄉
祖譜不改
膚色不變
滿溢的風塵
支撐著漂泊的年輪

只要到夏天
一切都脫離了想像
讓翠綠任性地訴說歡欣

周圍綴結花串滾滾
阿勃勒的豐姿

即使是孤寂後的吶喊
攝住喧嘩的仰望
紛繁的黃金雨照樣翻轉
擋不住旋湧
阿勃勒果真赤裸浪漫

——二〇一七年六月。

阿勃勒花樹／陳燕玲攝影

鳥語

咕咕　咕咕
從窗外傳來的聲音
也許
在提醒今天的希望

咕咕　咕咕
努力地唱著清晨的歌
也許
告訴今天的心情

咕咕　咕咕
啼叫得那麼執著賣力
也許
是隱情心語

咕咕　咕咕
真是一則難解的鳥語

——二〇一七年六月。

風獅爺身影

定神駐足，石刻巨獸
什麼時候，不停地撩撥
雙眼靜默巡視
在村落入口，屋簷高頂
其實早已蹲立成斑駁的圖騰

我這樣默想，枯坐
傳說的獸王的確典型
浯地苦雨

堅壁清野
戰火煙硝……
在眉宇間翻飛流轉

即使穿越時空的體貌
看你
依然炯炯金剛
凸眼塌鼻
寬額咧嘴
似笑非笑

表情豐富
應該不是溫馴寵物吧？

有人在背後輕聲驚歎！

經過演義的神話
不時在堆疊
開始型塑了雌雄之別
或繡球、或綵帶、或銅鈴……

佇立相對
驟間
看你
肩巾飄起
衣帶浪舞
季風何其狂野？

是的

印記不褪

你在村巷中的身影

附記：我多次到金門參訪，其中以豐富的人文景觀，最讓人稱勝，除閩南式傳統建築聚落外，便是在各村落豎立的風獅爺了。獅子爲萬獸之王，被視爲力的象徵，當地鄉民藉其威猛，刻石塑立，以鎮風止煞，擋風沙襲害，此風俗之流傳，據始於清季，歷史久遠，走訪浯地有感，擬詩誌之。

——二〇一七年。

風獅爺／余崇生攝影

夜夢東坡

霜降後　某夜清月穿窗而來
案頭的卷冊
漫淹成墜陷的夢境小徑
奔馳於黃州
正當寒食苦雨

倏忽
凜凜然坡公在座前
如神

相視無語
想問：
濛濛水雲裡
空庖煮寒菜
怎麼能受得了？
不單此一食膳
沒錯　還讀到〈豬肉賦〉呢？
後來大家都稱你是美食家啊！

記得在那赤壁穿空
江山如畫
多少豪傑身影
隱藏於詩卷中

似雲如煙
的確讓人眼波迷漫？

月色灑落雪白
來吧
舉杯一飲而盡
說你的曠達
卻默默無語

不料，又要渡海瓊崖
其實從莫嫌瓊雷隔海
酒食、老饕、菜羹……
早已讀透你的心情！

遽爾想起
你在望湖樓的醉書
白雨跳珠亂入船
是山水之美　氣韻淋漓
茫茫復蒼蒼
此刻正想詢問
你卻又匆匆
寒風推窗
一場夜夢
驚醒

附記：在讀中學時，就對蘇東坡有了深刻的印象，尤其是讀他的前後赤壁賦，或黃州寒食等詩文，內含寓意深遠，百態人生，自然造物的賜與無私，於此曠達閒適，挾飛仙以遨遊，抱明月而長終等等，這些未嘗不是一種生命與宇宙，浩浩乎相融迷合。說實在的靜讀東坡的作品，細嚼文意，常常引來心中的波瀾，深感其才情慧思，沉澱多時，於是寫成小詩一闋以記之。

——二〇一八年四月。

等春

一等就需到月底
才有機會晤見一切
院子裡的花樹
也還不是一樣
如果雨不來
整個窗帘將沾滿泥香的

原來絲絲的風
活潑地開始準備拋售春了

你不算是一位新客
在屋前屋後或田埂上
都有人懷念著你的袍影？
倘若還不放心
最好先趕到溪邊去一趟

真有那麼一次
大家都說你太懶了
為什麼不連太陽也一起帶來呢？
一等就要到月底
那時　或許還要受到大家的埋怨！

——二〇一八年五月。

菩提樹語

在群樹中被夾擠成
蔭幽的菩提
長臂伸向無憂
其實我就是沙羅雙
膚色體型依然
無爭柔和

某日　路旁佇足
諦聽遐觀

樹聲緩緩清清
澹澹如雲如水
在聖域裡與風日相對凝睜
來自樹間的絮語
那是屬於天竺的嗎？
心本清淨　樹本無影

我坐著，任山風吹我
任闃寂將心鏡磨圓
如同小小的念珠
傾聽
畢鉢羅樹的喘息

——二〇一八年九月。

木棉花宣言

朗朗艷陽的六月
挺著一身的火辣
在展售飽滿的熱情
任人看盡曲線優美

對著行人綻開
看你，夠雄赳赳的
大剌剌地在那裡招展
從羅斯福路裸燒到古亭

才稍稍停歇

立秋之後
重新改變了你的容妝
推敲心事
其實仍堅持熾烈的個性
奮力緊抓串串的果實
那是　你最美的宣言

——二〇一八年九月。

小黃花

路旁有無數的小黃花
仰首對著晨陽
看去像細小的花蝶

無端地在想
小黃花長得那麼鮮黃
在荒郊野地上，抬頭挺胸
自由快樂地生長

遍地的小黃花
熱鬧擠在一起
不畏風　也不避雨
每天都向路人微笑昂揚

——二〇一八年十月。

清晨聞啼鳥

晨陽還在雲層裡
群鳥已在樹間伸長脖子
唱著熱鬧的歌
喂，是睡不著嗎？
還是早起吊嗓練習？

在樹蔭下散走
群樹是演奏場
清亮的啼音

自然和諧地穿過林野
那麼執著又大方
不因行人而停歇

每天都準時相聚
不分族別 也無關啼聲的差異
快樂地唱著
對喔，太陽公公是你們的領管
當露臉時
不約而同就會停下，回歸靜寂

——二〇一九年三月。

狂草墨痕

墨香千年
跨越時間的遙遠
左右注目歡呼
蘸墨舉筆
狂笑
春日朗朗

燿如
羿射九日

風雲激蕩
鳥蛇驚飛入草

墨香千年
迷我如游絲，枯藤
在一片嘖嘖聲中
醉僧將筆一擲
紙上的古瘦漓驪快筆
冉冉逼我醉我
僧乎酒乎？
曰：
「嗜酒
每大醉

呼叫狂走，
乃下筆
或以頭濡墨而書
既醒
自視以為神，
不可復得也」

哈哈
脫帽露頂
以頭濡墨
顛覆了規範
狂也顛也成了一時風格

墨香千年
睜開矇矇醉眼
墨瀋淋漓
引人入勝的揮灑
虛無綿邈
應是陶陶焉　蕩蕩焉
狂言　美酒　古愁
我心即禪

沒錯
那肥瘦枯筆
嫋嫋萬化的游絲
由上而下，快如走馬

自由錯落
成了規範外的一種
險絕

——二〇一九年四月。

單句詩十三行

．雨滴點點滑落，褪去整個夏季的燠悶

．窗外的風頻頻訴說初冬的寒冷

．聽到窗簾在呼叫，秋天已悄悄降臨

．流動的臉書掩埋老花的雙眼

．退休的理想就是任意把時間塞到背包裡

．寧靜的眼神縮藏著一個幻化的大千

·吹鼓吹隱藏多少詩人的愉悅
·溫美的月色把懷念牽掛在遠方
·貼身傾聽一隻雛鳥的初啼
·假日從窗外傳來荒古萬籟的吼聲
·蝸牛，緩慢地在花上攀進，看不到最後的終點
·以高聳的姿態將都市砌成一座叢林
·空汙壓著大家喘不過氣來

——二〇一九年四月。

眾花印象

形形色色的花朵
帶來跳躍的靈感
從大紅花到木芙蓉
毛茸的蒴果直立著
無邪的美麗

還有天堂鳥
鞘齒枝條如劍伸出
挺拔長葉

應該為你傲嘯歌唱
天神呵！以寫意的工筆
為眾花勾勒出
綻放時個性的一刻

——二〇一九年五月。

想起

深夜突然有一夢
多年前的故事
我努力地在想
就在車水路的那一頭
對的，一串青澀的歲月

明白地告訴你這些
也許只是一則回想
多年不見　總會輕輕浮起

遠處的
對街小巷
南國茶室的
拉茶

附記：在檳城鬧區有一長街稱爲車水路(Burma Road)，在周邊有商家、廟宇、電影院、小吃攤等，靠中間一帶有一高樓，第四樓層屬「學生周報」租賃一間大空房活動中心，舉辦聚會藝文活動，學員不少，屬於藝文方面的有李蒼、川谷、思采、林琅、歸雁、商商、麥秀、喬靜及秋吟等。在談文說藝後常到對街南國茶室小坐飲茶，留下了年少時的一些記憶。

——二〇一九年五月。

貝殼的浪漫

撿起腳邊
一枚被海浪推滾著的貝殼
橢圓形潔白剔透
相信已隨海潮起舞多時
在天隅的彩雲下
漂泊摩挲
親吻緊抱
即使粉身碎骨
在大海前那是夠浪漫的

我如是想
潔白應該是你幸福的顏色
湛藍後凝煉的晶瑩
輕盈地握住
幻想昔日的姿影
踩著細沙直奔而來
又隨潮而去
看過飛鳥晚霞
凝望星星鋪滿的夜空
一遍遍　守著沉默
躺著
一枚浪漫的貝殼

——二〇一九年六月。

枯葉敘事

路過那裡
魁武的形貌
斜向瓦溝的兩旁
風巒橫自樹梢颺起
吹來一片落地多時的枯葉

寬大如掌
它不屬於菩提
更非羊蹄甲

由葉脈就辨出是你的血緣

那雄野不規矩的枝葉
東伸西攀　蔓生滋長
霸氣十足

想來在瓦磘溝的時日
應該不算短吧？
看盡燒窯製瓦
歲月的穿梭
洪荒的故事
溪水潺潺流來
自新店的那一頭
又急急流去

向大漢溪　奔向蒼茫
細看那葉脈
最中間的那一脈
如瓦磘溝的彎曲蜿蜒
兩旁的就是小溪流了。

試圖替你綴合
前世與今生的迷路
溪與土的守護
大家都說瓦磘是這裡的母親
而你就是最年長的親人了。

我蹲仆在橋旁

向後看是你
向前望是川流不息的
悠悠的流水
敘說過往
不停地在迴旋

——二〇一九年七月。

新店溪

晴時偶雨迷亂的下午
汨汨流自碧潭的水浪
似悒鬱中編織著哀歌
一道道　一層層
訴說天荒地老的無奈
坦承季風過後的暴虐

左岸
右岸

依然對著陽光傻笑
潛意識的認為
躺著放浪形骸
應該是一種無聲的嘮叨哲學

任其悠悠而去吧
以超越無懼的姿態
隱隱漫過谷壑
轉向
大漢溪，
將什麼低吟訕笑都裸裸裎出
泡沫在湍浪中浮沉化無

——二〇一九年七月。

水果詩五首

一、荔枝

剝開
一顆雪白的果肉
濺出甜美的鮮汁
還有古遠的傳說
貴妃的嗜愛
清甜的口感
這樣不意間醉入薰風體香

猶如少年的狂想
頓時醒覺
手中握著的是
果殼粗脆烏溜溜的
種子

二、龍眼

凝視著你，好久
你們是異母弟嗎？
體形膚色像極了
當我用力捏下
你卻大聲地喊
痛
跳出來竟是薄弱的
大眼珠

三、芒果

沒想到你的名稱那麼多
從印度到閩南
後來又浪跡到臺灣
佛祖酷食
徒兒們都稱你聖果

在枋山
你背著春天後的纍纍
負債
還常在山風下搖
晃
夏天一到，就漸漸解放

一身輕
身心澄澈得如同
一襲袈裟

四、蓮霧

行走在果園時
我一直在想　你
一定是外來種
尋找你的原鄉
果然是從馬來半島
漂到福爾摩莎
多難的浪跡　讓你
血淚染遍身心

果農是親切的
細心地將你養著護好
異鄉的親情

無憂的命運
保住永純的血統
呼喚你
黑珍珠

五、火龍果

你的另一個稱呼叫
仙人掌果
鮮紅色
長相奇特　尤其是那鱗片
似龍非龍
讓人印象深刻

圓胖的體型
豐腴雪白的細肉
最具獨特
魅力
捧住淡香清甜隱隱

纏綿復纏綿
當下征服了
味蕾

飛天

天界起舞
尋找到你
昂首揮臂
徐徐從前方滑飛
接著騰空而上
蘆笙、琵琶、箜篌……
連成音聲符號
由雲端篩下一道道話語

天界起舞

蜿姿飄颻

直鼻秀眼

綵帶長裙

嫵媚動人

從菴羅樹園躍舞

梵天綴蒲香花，如雲如雪

舔吻華嚴的幻彩

天界起舞

短襯長袍

腳踩霓裳

群飛　也單飛

直穿河岳溪流
於幽幽的寺院
聆聽天宮伎樂
絃鼓琴韻
繞圈　迴轉自如
飛天

——二〇一九年九月。

輯三

點滴

點滴

我又想起了銀杏
當秋風吹起以後
一片片　一葉葉
在風中起舞
或安然飄落

在小徑上
已被那葉子染成金黃
褪不去的灑脫

望見季節的輪回
成熟的銀杏果掛在樹上
像太陽　像星星
一串串不復返的日子
浪漫的年輕
雕存著的是點滴的
生活

——二〇二〇年三月。

小狗

星期天的公園
不少人快樂地在遛狗
有的手牽
有的坐在小車
隨著主人東走走西跳跳
活脫脫的模樣
自然快樂

狗兒真靈敏

牠們有不同的小名
Nancy、小白、小黑、小虎…
多麼有趣
只要主人小聲一叫
就飛奔到來
搖搖尾巴
看著您的表情

沒有心機的狗兒
不會嫌棄男女老少
更不會選擇貧窮富豪
只有無私地守著
跟著主人，

到處跑跑和跳跳

——二〇二〇年四月。

手錶

你是我最忠實的朋友
陪我東跑西走
即使遇到煩瑣的事
總是不埋怨
且清楚告訴我
要掌握好每分秒

已經三十年了
你那堅實的外型

圓圓的臉　還雕飾著珠紋
不論到哪　引來大家的
稱讚

在時間的旅途上一秒都不含糊
堅持不移的信念
——誠實
這無聲的警示
給大家多大的教論
感謝你
一隻小小的手錶

——二〇二〇年六月。

期待

冷氣團過後
一大早就看到
太陽公公站在窗外
三五麻雀在瓦屋頂上
吱吱　喳喳
歡欣愉快
春天已捎來訊息
最好別讓他在窗外等待

快把窗簾打開
也讓暖陽陪春風
一起進來
聽聽他們要說些什麼心裡的話？
——二〇二〇年十月。

筆話

在二樓的筆架上
你選中了我
當時的確很欣喜
之後，被收在一個小小的盒子裡
它成了我的居所

偶爾，我被什麼抓住
瘦瘦的身軀
像受到古老陶器的斷片

鋒銳地刺激我的想像
逼得我在方格紙上
急速行走

墨綠色花紋的外殼
夢就蘊藏在那裡
即模糊又透明
感到自己就在那兒
裸裎異彩

夜深以後
你也要休息
而我一身疲態

挨近那疊刪塗潦草的文稿
翹望
它如巍巍雜樹亂長的孤峰
無語
你我也一起
入睡了。

——二〇二〇年十一月。

木雕貓

木雕貓
靜立在書架上
牠有一席之地
已有十年以上了
守著山海經到楚辭
神話的迷漫
相伴圍繞著
濡染了原本的天性

微胖的體態
纖細靈巧的雕痕
生動了牠的外型
高聳的耳尖
圓溜溜的眼珠
叩住你我的觀注
雕師呀　你的神技
活醒了貓咪的木訥

木雕貓
相視無語
守著亂疊的書冊
誘美的深情

靜默中淹涵智慧
盈盈溢出
潤散在額眼之間

——二〇二〇年十二月。

木雕貓／余崇生攝影

念珠

圓又圓，經指尖滑過
滑向無際
微微的三千
似真如幻
一種不可說的深層
捏著它永不釋手
圓圓地滑過

圓又圓，執著心念

持續滑過
無垢如鏡
它似在指尖默記
這可是一道最湛澈的沉澱
即使風吹旗飄波動

圓圓念念
始終在指尖廻轉
緜延

——二〇二〇年十二月。

念珠／余崇生攝影

戴花冠的魔王

你的花冠長著觸鬚
在那裡轉呀轉呀轉
像在玩遊戲
其實不然
你有陰險善變的個性
行跡可疑
在不注意時突然閃現
飄呀飄呀

圓型的臉龐兒
別沾在我指尖
停在我的嘴旁
你真是惡毒陰險
時間到要把你
碎成萬段

過了元宵
你變得更加兇悍
大家都把窗扉閂緊
準備奮抗到底
只要看到圓圓的魔王臉
揭力將它碾成煙塵

永遠隔離著
你這來去無影的擅變
魔王

——二〇二一年二月。

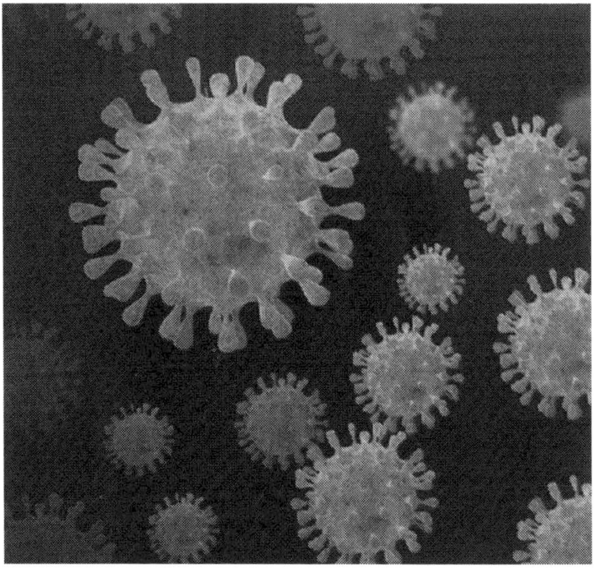

戴花冠的魔王／余崇生攝影

作品刊登年表

輯一　舊痕

一、北門　《中華日報》副刊，一九七六，十一，二十三
二、木窗　《大地之歌》東大圖書公司，一九七六
三、音樂會　《大地之歌》東大圖書公司，一九七六
四、塔　《大地之歌》東大圖書公司，一九七六
五、乩童及劍　《大地之歌》東大圖書公司，一九七六
六、中秋節—記一單身老人　《大地之歌》東大圖書公司，一九七六
七、門神　《大地之歌》東大圖書公司，一九七六
八、早報　《大地雙月刊》第四期，一九七三年
九、這天　《大地之歌》東大圖書公司，一九七六

十、戲致蘇東坡　《中外文學》第三卷，第十期，一九七五年三月

十一、童年　《中外文學》第四卷，第十期，一九七六，三，一

十二、雲林　《中華文藝》四十五期十一月號

十三、清明　《中外文學》第五卷，第七期，一九七六，十二，一

十四、短箋　《中外文學》第五卷，第九期，一九七七，二，一

十五、秋詞　《大地文學》2，一九八二，三

十六、禪坐　《創世紀詩刊》六十四期，一九八四，六，一

十七、驚喜　《創世紀詩刊》六十四期，一九八四，六，一

輯二　遄飛

十八、池塘　《文訊》月刊三八〇期

十九、桂花　《文訊》月刊三八〇期

二十、風鈴　《文訊》月刊三八三期

二十一、拍照　《文訊》月刊三八三期

二十二、觀音山意象　《華文現代詩》十五期，二〇一七，十一

二十三、夏天奇想　《華文現代詩》十五期，二〇一七，十一

二十四、簡訊　《華文現代詩》十五期，二〇一七，十一

二十五、阿勃勒的夏天　《文訊》月刊三八七期

二十六、鳥語　《文訊》月刊三八七期

二十七、風獅爺身影　《文訊》月刊三九一期

二十八、夜夢東坡　《文訊》月刊三九三期，二〇一八，五，三十一

二十九、等春　《人間福報》副刊，二〇一八，五，三十一

三十、菩提樹語　《人間福報》副刊，二〇一八，九，十

三十一、木棉花宣言　《文訊》月刊三九三期，二〇一八，十

三十二、小黃花　未刊稿

三十三、清晨聞啼鳥　《人間福報》副刊，二〇一九，三，十五

三十四、狂草墨痕　未刊稿
三十五、單句詩十三行　《華文現代詩》二十期，二〇一九，二
三十六、眾花印象　未刊稿
三十七、想起　《華文現代詩》二十期，二〇一九，二
三十八、貝殼的浪漫　未刊稿
三十九、枯葉敘事　未刊稿
四十、新店溪　未刊稿
四十一、水果詩五首
一、荔枝　《人間福報》副刊，二〇一九，七，一
二、龍眼
三、芒果
四、蓮霧
五、火龍果

四十二、飛天　未刊稿

輯三　點滴

四十三、點滴　二〇二〇年，三月。

四十四、小狗　二〇二〇年，四月。

四十五、手錶　二〇二〇年，六月。

四十六、期待　二〇二〇年，十月。

四十七、筆話　未刊稿

四十八、木雕貓　《人間福報》副刊，二〇二一，一，二十四

四十九、念珠　未刊稿

五十、戴花冠的魔王　未刊稿

文化生活叢書·詩文叢集 1301059

阿勃勒的夏天

作　　者　余崇生
責任編輯　蘇　輗

發 行 人　林慶彰
總 經 理　梁錦興
總 編 輯　張晏瑞
編 輯 所　萬卷樓圖書(股)公司
臺北市羅斯福路二段 41 號 6 樓之 3
電話 (02)23216565
傳真 (02)23218698

發　　行　萬卷樓圖書(股)公司
臺北市羅斯福路二段 41 號 6 樓之 3
電話 (02)23216565
傳真 (02)23218698
電郵 SERVICE@WANJUAN.COM.TW
香港經銷
香港聯合書刊物流有限公司
電話 (852)21502100
傳真 (852)23560735

ISBN 978-986-478-459-2
2021 年 4 月初版
定價：新臺幣 260 元

如何購買本書：
1. 劃撥購書，請透過以下帳號
帳號：15624015
戶名：萬卷樓圖書股份有限公司
2. 轉帳購書，請透過以下帳戶
合作金庫銀行 古亭分行
戶名：萬卷樓圖書股份有限公司
帳號：0877717092596
3. 網路購書，請透過萬卷樓網站
網址 WWW.WANJUAN.COM.TW
大量購書，請直接聯繫，將有專人為您服務。(02)23216565 分機 610

國家圖書館出版品預行編目資料

阿勃勒的夏天 / 余崇生作. -- 初版. -- 臺北市 : 萬卷樓圖書股份有限公司, 2021.04
面 ; 公分. -- (文化生活叢書 ; 1301059)
ISBN 978-986-478-459-2(平裝)

863.51　　110005413